KB075133

기둥들은 모두 새가 되었다

기둥들은 모두 새가 되었다

최금녀 시집

시인의 말

시 쓰는 일은 언제나 두려웠습니다.
이 일은 멈출 수 있는 일이 아니라는 생각으로
다시 시집을 출간합니다.

나를 받치고 있는 기둥들 위에
앉아 있던 새들이
떼를 지어 날아가 버리는 이 차가운 허전함

시 쓰기는
다시 시작됩니다.

2022년 4월 연희동에서
최금녀

차 례

● 시인의 말

제1부

제2부

제3부

제4부

제1부

불광동

불광동은

새로 산 신발처럼 불편하고

조금씩 헐거워지고

봄에도 눈이 질퍽거렸다

발이 아플 때마다 마음이 아플 때마다 눈이 내렸다

발이 아픈 곳에서 눈이 다시 시작됐다

미끄러지는 발을 자주 씻었다

생각은 밤거리에 있었고

내 발은 눈 속에서 얼었다

불광동에서 나는 사랑 시를 썼다

이상한 베란다

내게는 베란다가 있다

컵에 술을 채우고 물처럼 마셔도 취하지 않는 베란다가
있다

아직 시를 써요? 베란다가 내게 물었다

주머니에 두 손을 넣고 볼펜을 사고 산책을 하는 나에게

누가 이곳에 의자를 놓았어

멀리 온 것은 좋은 일이다

아무것도 바라지 않는 의자에 앉았다

매달릴 수 없는 베란다

구름만 보이는 베란다

유리컵에 술을 채우고 가는 베란다

술을 물처럼 마셔도 취하지 않는 베란다

그 베란다가 내게 물었다

아직 시를 써요?

질문보다 높은 곳에 있는 나의 베란다

스카프 인생

죽으면 스카프만 남을 거야. 파리지앵들은
바닷물 색 스카프를 보면 바다를 그리워한다지.

바닷물 색 스카프를 목에 두르고 사내들을 쫓아다니면
목이 수평선처럼 길어질지도 몰라.

세월이 가려지고 주름이 가려지고 겨울에도
분홍이 되는 거야. 시간의 마술사가 되는 거야.

분홍 빨강 노랑 초록 보이는 대로 스카프를 샀어.
주름 수대로 속이려고 스카프를 샀어.

스카프를 매는 거야. 목주름이 깊어진다고
기죽지 마. 스카프가 있잖아, 인생은 휘날리는 거야!

바닷물 색 스카프를 매고 쿠바에 갈 거야, 배영옥*처럼.
붉은 노을을 바라보며 오지 않을 애인을 기다릴 거야.

열정에서 추억으로 가버린 시간의 벽화 속에서
립스틱보다 붉은 분홍빛 스카프를 휘날릴 거야.

죽으면 스카프만 남을 거야. 행운을 꿈꿀 거야.
목만 살아남는다 해도 슬퍼하지 마.

* 배영옥 산문집, 『쿠바에 애인을 홀로 보내지 마라』.

풀독

흰 구름 아래서
새파란 풀을 죽였다

꽃보다 풀을 더 사랑하는 남편이 잠들었을 때
가만가만 걸어가 제초제를 뿌렸다

풀들은 나에게 화를 냈다
풀들은 거품을 흘리며
"독해질 거야, 살아날 거야"라고 말했다

풀들은 죽기 살기를 하다가 정말 살아서 일어났다
독보다 더 독한 독의 힘으로

남편은 풀들이 죽는 게 아니라
잠깐 넘어지는 거라고 했다
잠깐 눕고 싶은 거라고 덧붙였다

풀들은 죽었다가도 햇빛 아래서 남편과 잘 지냈다

한참 일하다 돌아보면
어디선가 풀들의 유쾌한 웃음소리가 들렸다

저희들끼리 낄낄거렸다
"괜찮아, 괜찮아"
다시 한번 햇볕 아래 일어서서
풀들이 더 크게 웃었다

나는 풀독 속에서 잠시 황홀했다

이층

계단에 서서 당신을 열어 볼 때가 있다
이층은 소리와 햇살이 가득하다
멈춘 듯 저녁이 먼저 오고 멈춘 듯 내가 다녀간다

가끔씩 기쁜 저녁도 지나간다
아래층 불빛이 이층까지 노랗게 올라간다
층계를 밟는 불빛들은 두근거린다
내가 모르는 사이 베란다를 좋아하는 모과나무는
노란 잎새를 몰고 찾아온다
첫눈 없는 크리스마스를 맨손으로 만진다

이층은 쉴 새 없이 흐른다
아무에게도 말하지 않는다
아래층과 이층이 들려주는 이야기를 듣는다

나를 끄듯 촛불을 끄듯 커튼을 닫는다
해가 뜨지 않는 일층에
없는 듯

내가 남아 있다

새 1

나의 새들은
여행 중 한 점씩 사들인 것이다

그들은 뼈 돌 흙 석탄 유리 소금 구리 나무 속에서 태어났다
처음 보는 버섯처럼 나를 끌어당겼다
폼페이에서는 숨구멍이 숭숭 뚫린 시커먼 얼굴로
할슈타트 소금 광산에서는 짜디짠 눈물 덩어리로
체스키크룸로프 예쁜 창문 속이나
네팔의 비포장도로에서
새들은 나를 친구처럼 맞아주었다

험하거나 부드럽거나 딱딱한 곳에서
무엇으로 있다가 새가 될까

새들은 살아보았고 죽어보았고
전쟁을 경험했고
화산처럼 터져보았고
아이들도 낳아보았고

내 안에 이런 새들이 살고 있다

새가 나에게

새를 아느냐고 물었다

우리는 서로 다른 새에 대해서 말했다

새를 모았다

새의 어깨를

감정이 돋아날 때까지 닦아준다

감정이 살아난 새들은 이따금씩

눈을 감은 물고기 몇 마리

맹고나무 숲 노을 한 묶음

양말을 신은 바오바브나무 발가락 몇 개도 물고 온다

흔들릴 때마다

나는 새에게 날개를 달아준다

아픈 과거나 고향을 열어보지 않는다

세어보지 않아도
기억하지 않아도
새들의 이름은 새이다

지친 어깨를
굳어버린 슬픔을
부드러운 헝겊으로 닦아준다

이름을 불러준다

고랭지

푸른 반창고를 붙인 듯 푸른 배추들이 파릇파릇 자란다

강릉

그 발로는 시집 못 간다던

내 발

지난여름

동해안 모래밭

시집 못 간다던 그 발뒤꿈치에

펄쩍 뛰어오르던 물결

화석

돌을 안고 돌 속에 처박혔다. 돌의 심장을 파냈다. 돌의
심장에 알을 낳았다.

털은 가려워

티브이를 켰다
목구멍 속이 가렵기 시작한다
고양이 털을 조심할 때라고 말하다가 입을 막았다

고양이 호텔, 고양이 카페, 고양이 장례식장
고양이를 안고 다니는 사람들이 큰 소리로 웃는다
몰래 웃는 웃음들이 가렵다
고양이를 사랑하건, 고양이 털을 사랑하건
털은 가렵다

엄마보다 고양이를 더 사랑한다고 말했다

나를 통과하지 못하는 고양이 털이 엑스레이를 통과한다

고양이 털 고양이 털
나 혼자 위중하다

고양이 눈이 갑자기 커진다

온몸을 닦는다

티브이를 끈다

로터리 극장

버스를 탔고 극장 앞에서 내렸고 반값의 표를 샀고
아이들 뒤에 줄을 섰고
극장 문을 밀고 들어갔다

구름 위에 올라앉아
구름 아래 아이들 세상에서
아이들 영화를 보았다

그 옛날 문간방 시절처럼
숨을 죽이고
바라보지 않고
핸드폰을 끄고
부스럭거리지 않고
기침을 오래 참고
한 잔의 커피를 비우고

어두워가는 신촌 로터리에서
푸른 신호등을 기다린다

누가

뭐라고 하겠나

잃어버린 시간을 찾아서 1

— 부산 1950

진실로 너희에게 이르노니
너희가 돌이켜 어린아이들과 같이 되지 아니하면
결단코 천국에 들어가지 못하리라.

— 마태 18:3

1. 럭키 스트라이크

어머니는 빨간 동그라미가 그려진 담배 럭키 스트라이크
를 영도다리 아래에서 팔았다. 팔말, 카멜, 윈스턴, 막 떠오
르는 태양 같아서 빨간 동그라미 럭키 스트라이크는 줄을
서서 받아야 했다. 바로 내 앞에서 줄이 끊겨졌다고 하면
엄마는 울었다. 우는 엄마가 싫어서 새벽 5시에 줄을 섰다.
영도 섬 다리에 어둠이 걸리고 피난민들이 뒤죽박죽으로
섞일 때 누가 누구인지 보이지 않을 때까지 그것을 팔았다.

2 . 코크스

석탄을 태우면 코크스가 남았다. 코크스로 밥을 지어 먹

으며 코크스가 너무 좋아서 죽으면 코크스나 되었으면 했
다. 영도 섬 한국도자기 공장 마당에는 몇천 도의 온도로
도자기를 구워내고 버린 석탄재가 산더미 같았다. 피난민
들은 두엄을 헤집으며 벌레를 잡아먹던 시골 닭들처럼 마
구 재를 헤집고 코크스를 주웠다. 머리카락에도 얼굴에도
재가 붙었다. 트럭이 와서 새로 붓고 간 재는 손도 댈 수 없
는 불덩이였다. 가마에서 나온 불덩이 속을 손이 드나들었
다. 말갛고 고운 물방울이 생겼다.

잃어버린 시간을 찾아서 2

— 모래바람

먼 데서 기적소리가 들렸고, 다리가 끊어졌고, 사람들이
강물 속에서 손을 놓쳤고, 보도연맹을 했고, 부역을 했고,
열차 위에서 죽었고, 길에서 애를 낳았고, 기둥들은 모두
새가 되었다.

북에서 내려 온 누이를 자갈치 시장에서 만났고,
담배 은박지에 그림을 그렸고,
오빠는 양담배를 피웠고,
레이션 박스는 홍수였고,
피엑스는 대리점이었다.
남자들은 다방에서 살았고,
꽁초를 주워서 한 모금씩 빨았고,
열 한 명이 한 방에서 잤다.
깡통은 무성했고
깡통 껍질로 고갈산은 도배를 했고,
오류도가 다섯으로 보이면 불리했고,
여섯으로 보이면 유리했다.
부두에서 안남미 쌀을 훔쳤고,

도너쓰는 없어서 못 팔았고,
입안엔 시간의 모래바람만 가득했다.

제2부

물결

내 머리카락을 하나하나 물결에 흘려보낸 적이 있어요
가면을 쓴 남자의 사랑을 느낀 적이 있어요 사랑을 무조건
믿어 본 적이 있어요 사랑에 눈을 뜬 시간에 나는 남자를
묻어버린 적이 있어요 슬픈 것은 나쁜 것이라며 슬픔을 처
박은 적이 있어요

그 외에
시를 가져 본 적이 있어요

그 외에
머리를 숙인 적이 없어요

할슈타트 소금

여름은 길고
무언가 썩고 있어요
썩지 않는 도시 할슈타트로 가요
소금을 파다 죽은 켈트족들
할슈타트 소금은 그들의 유물이에요
살아서 돌아다니는 눈물이죠
영혼이 소금 광산을 돌아다녀요
천년이 지나도록 썩을 생각이 없어요
칼은 부적으로 남았어요

신만 아는 파이프라인으로
켈트족의 눈물이 돌아다녀요
썩지 않는 소금 빛 호수
호수 속은 늘 귀가 어두워요
어두운 곳에는 왜 소금이 살까요?

소금 씨앗 하나 숨겨 오겠어요
죽지 않는 소금

썩지 않는 소금

켈트족은 화장을 좋아했고
소금을 파다 죽은 영혼들이
소금을 기다려요

* 할슈타트 : 오스트리아에 있는 도시. 할은 고대어로 소금이라는 뜻. 세계 최
초의 소금 광산.

도자기 128

어떤 기도는 너무 무거워서

두 손으로 받들어야

인간의 심장을 데울 수 있다

좋은 시

시가 나를 포도 한 송이처럼 먹어 치웠다

포도 한 송이가 씹지도 않고 목으로 넘어갔다

눈부신 뼈들이 접시 위에 수북했다

뱉을 새도 없이 넘어가는 시

새 2

새 모이를 파는 사람은 말했다 한나절이면 새들이 우물 여섯 개 값을 다 파먹을 거라고. 설마 하고 코스트코에 가서 해바라기 씨 10봉지를 샀다

새들을 보면 아프리카 우물이 생각나고 카바이드 불빛이 떠오르고 눈 내리는 마당에 서 계시던 아버지가 보인다 너희들은 누구니? 천막 속에서 아버지와 놀던 너희들은 누구니? 면 내복을 입어도 몸이 마르던 아버지는 지금 어디 계시니?

아프리카 어린이들에게 우물 여섯 개를 보냈다 새 모이가 많은 코스트코에서 카바이드 불빛은 더 이상 볼 수가 없고 새들이 마당으로 날아온다 수십 마리의 새들에게 해바라기 씨를 통째로 부어준다

이별

커피잔이 마룻바닥에 떨어졌다
아끼던 것
그는 깨지면서 그냥 물러서지 않았다
벌겋게 충혈된 안개꽃 무늬들
책상다리의 살점을 저며내고
내 손가락에서도 피가 흘렀다

우리는 다시 만날 수 없는
서로 다른 세상의
낯선 기호가 되고 말았다

아끼던 것들은 깨지는 순간에
그처럼
얼굴을 바꾸는구나

순한 이별은 없다

날짜변경선

새우 요리에서 바다 냄새가 나지 않았어요. 새들 때문인가 봐요. 베란다에서 바닥을 찍어 먹던 새들이 서쪽으로 갔어요. 바다와의 사랑이겠지요.

개망초꽃 향기가 생각났어요. 사람들을 따라 샌들을 신고 개망초꽃 밭을 돌아다녔어요. 개망초꽃도 괜찮구나 생각했어요.

섬의 나무들이 자꾸 불행해 보였어요. 뿌리 사이에 남은 모래알을 계산하고 있었어요.
떠나는 아침, 남은 사랑을 나무들에게 부어주었어요.
구름이 길게 자라겠지요.

날짜변경선을 넘고 있어요.

모래의 시간

모래를 털어내듯 내 시간을 털어냈다 모래 시간 보다 내 시간이 길었다 발가락 사이를 빠져나가는 모래들 속에 떠나지 못하는 비밀이 있어서 좋았다 밀어내도 밀어내도 몰려오는 비밀이 있었다 모래의 하루는 너무 짧았고 나의 비밀은 너무 길었다 죽음에서 돌아오는 모래들, 모래와 모래 사이에서 흰 머리카락이 1센티나 자랐다 몇 개를 모래 속에 묻고 남은 시간은 짐 속에 넣었다 비밀들은 모래 속에서 머리카락처럼 자랐다

퍼핀이 우는 섬

마지막이 될 거야, 호스피스 병원에서 친구가 송출한 문자였다. 그때 나는 버스, 배, 비행기를 갈아타며 퍼핀이 살고 있는 섬, 페로로 날아가는 중이었다.

죽음이란 이쪽인가 저쪽인가. 내게는 무엇보다 퍼핀이 필요했고, 섬에서 생을 마친 새의 울음소리가 육지에까지 상륙한다는 그 새를 찾는 일이 먼저였다. 그 새가 섬을 지키기 위해 얼마나 울었는지 알고 싶다.

안개 때문에 아무것도 보이지 않는 섬에 도착했다.
아무것도 내다볼 수 없는 호스피스 병동의 숨소리처럼 이곳의 날씨는 안개 속이었다. 한 치 앞도 보이지 않았다.
운무에 갇힌 섬을 내다보며 퍼핀을 기다리기로 했다.
안개가 걷히고, 어느 순간 거짓말처럼 한 치 앞도 알 수 없는 안개 속에서 능선이 솟아나고 부리 붉은 퍼핀이 울면서 나타나고 말 것인데, 내 친구에게도 어느 순간 좋은 일이 일어나지 않을까.

열 한 시간의 비행을 마치고, 나는 호스피스 병동으로 발길을 돌리지 않았다. 어깨에 힘을 빼고 최대한 끌어당겨 찍은, 안개로 뒤덮인 페로 섬, 그 섬에 숨어 우는 퍼핀의 붉은 부리를 오래오래 들여다보고 있었다.

연희동

저 많은 꽃들 어디서 왔을까
어떤 물결이 마음에 들었을까
물어볼 수 없다
구멍구멍에서 꽃들이 피어난다

꽃인지 구멍인지 나는 힐끔거린다
장희빈이 먹었다는 우물가에서 젊은이들이 손을 씻는다

연희동
궁뜰 우물터 이야기 말고는

새끼 마담에게 테니스를 가르치던 의사 선생님의 낡아빠진 연애담 말고는
연대 앞의 울음 섞인 구호들이 방패를 뚫었다는 기사 말고는

최루탄 가스에
복개천 버드나무가 자라지 않는다던 택시기사의 이야기가

먼 곳 이야기처럼 아무렇지도 않은

지금은 물어볼 수 없는

예쁜 꽃들의 저녁

손 흔든다 구멍구멍에게

꽃들이 다시 피어나는 구멍구멍을 지나

젊어지는 빵집

인터넷 빵집이 새로 문을 열었다
인터넷으로만 빵을 판다
한때 나는
시를 쓰고 싶은 손가락을 버리고
빵을 찾아다닌 적 있다

뾰족한 주둥이로 먹이를 찾아다니는
사하라사막의 붉은 여우처럼
땡볕 속에서 별을 보며 임종할 수 있을까
빵보다 별빛이라고
일기에 적어놓은 적 있다

내가 버린 손가락들
저 빵집 유리창 속에서
빵 대신 사막을 만들고 있는 걸까
별을 굽고 있을까

시를 버리고

이 동네에서

빵을 찾는 나를

우습게 보는 저 붉은 여우들

잃어버린 시간을 찾아서 3
— 시간의 이불

아버지는 가죽공장 경비원이었다.
아버지와 나는 쪼그리고 앉아서 까마중을 따 먹었다.

　오후 세 시에서 네 시 사이는 집채만 한 화물선에서 하역
이 끝나고 쉬는 시간이었다. 그 시간엔 영도 섬 다리도 올
라가지 않았고, 화물선도 고동 소리를 내지 않았다. 시간의
창고 벽에 기대어 졸고 있는 어린 경비병. 우리는 그 틈을
이용했다. 제일 나이 어린 남자애가 잭나이프를 들고 잽싸
게 창고 안으로 들어가 마대 자루를 푹 찔렀다. 아, 폭포처
럼 쏟아지는 희디흰 쌀.

　부두는 평화스러웠고
　깡통에 가득 훔친 쌀로 우리들은 행복했다.
　어떤 날은 여섯 개
　어떤 날은 다섯 개로 보이는 오륙도 바위들이
　한 개도 보이지 않는 어느 날
　뜻밖에도 엄마는 나에게
　이제부터는 부두에 가지 말라고 했다.

나는 돌아와 물지게를 졌고
이불 속에 숨어 도둑일기를 썼다.

잃어버린 시간을 찾아서 4
— 고모

시루떡 한 덩이가 철조망 저쪽으로 넘어가면 미군 담요 한 장이 이쪽으로 넘어왔다. 바꿔 먹다 들키면 미군들은 허공에 공포를 쏘았고, 몸뻬를 입은 고모는 수평선 반대 방향으로 죽기 살기로 뛰었다.

그때 고모의 일용할 양식은 시루떡과 담요였다.
일진을 떼어보면 전쟁은 담요와 시루떡과
딱 맞아떨어지는 패였다.

아, 김일성대학에 다니는 아들 곁에서 살았으면 훨씬 더 행복했을 우리 고모.
한 달 후면 남북이 통일이 되고 고향으로 돌아간다던 우리 고모.

아, 업어 키운 막냇동생이 시키는 대로 거제도에 내린 우리 고모.

두 분 모두 하얀 뼈를 서로 다독이며

잃어버린 시간 속에 나란히 누워 있다.

제3부

아스피린 학습

내가 어린애 같은 시를 쓰는 것은 어린애 같은 심장을 가졌기 때문이다

멈추었나 만져 보면 90에서 180, 위험하게 사다리를 오르내리는 내 심장
철없는 심장에게 말랑말랑해져야 살 수 있다고 말하는 중이다

내 심장을 위해 새벽이 돌아오고 아스피린을 던져준다
심장을 도려내어 피라미드 꼭대기에 올려놓고 태양에게 충성하는 중남미 용사들처럼 내게 충성해다오

제례를 올리는 시간
어린애 같은 목소리로
하루도 거르지 않고 아스피린을 암기하는 내 심장

어린애 같은 심장을 가진 나는
아스피린 아스피린 하며 어린애 같은 시를 쓴다.

세상 멈추기

계단에 눈이 쌓이고
신문을 주우러 나갔던 그가
알프스의 소 방울을 흔들면서 들어온다
멈추지 않아도 새벽은 훤하다

밤새 계단에 눈이 쌓이면
시를 멈추고
컴퓨터를 멈추고
읽던 『호밀밭의 파수꾼』을 멈추고
약속을 멈추고
헛웃음을 멈추고
아무것도 바랄 것이 없는
그와 나 사이를 멈춘다
부러진 목련 가지도
흰 눈 위에서 멈추고
얼어붙고 있는 마당을 멈춘다

계단에 쌓였던 눈이 녹을 때까지

신문을 멈추고
먼 길 떠나간 아무개 이야기도 멈춘다

그와 내가
한 곳으로 흘러가는 것도
잠시 멈추고

아무것도 없는 집은 무엇들을 멈출까?

어제 같은 나를

맞은편의 검은 우산은 누구였지?
비가 온다고 사람을 놓치다니
비가 와도 떠오르지 않는 사람은 떠오르지 않는다

비가 오면
모르는 새들이 지껄이다가 날아가 버린다

벽에 기대어
엉거주춤하고 비를 맞는다

비가 오면
한참을 바라봐도
보이지 않는 어제

떠오르지 않는 사람도
우산이 필요할 텐데

우산을 쓴 내가 전화를 받는다

홍제동

10년 동안 여우 굴을 파고 살았다
물어도 대답하지 않는 홍제동
여우처럼 쉴 새 없이 굴을 파고 들어갔다
꼬리를 자르고

본 사람이 없다

여우가 아닌 것처럼
찔레꽃 레이를 만들어 굴밖에 걸었다

아이들이 초인종을 누르고 뜀박질을 해도
내다보지 않았다

귀를 열어놓고 잠드는
들판의 여우들과 다르게
겨울보다 더 깊은 겨울잠을 잤다

봄이 올 때까지

가족

우리는 배고픈 가족
배고픈 사람들처럼 서로 말했다

우리의 말에는 허기가 있었다 들을 때 조금 더 배가 고프거나 불편했다 가족들이 한 말 중에서 말의 새치를 뽑았다 말은 끊겼다가 이어졌다 머리카락들은 잠겨 있거나 열려 있거나 했다 나를 넣어도 넣지 않아도 말들은 변하지 않았다 한 사람이 흘린 말을 한 사람이 쓸어 담았다 가끔 자라나는 말들의 발톱이 아파서 피가 났다 지나간 말들은 고양이 털 같이 집안을 날아다녔다 목구멍 속에 달라붙기도 했다 뱉어내지 못한 말들은 괄호 안에 넣었다 말을 끊는 저녁이 함부로 지나갔다 웃자란 말들의 털을 잘라냈다 나는 돌아오지 않는 말들을 기다리며 이불을 깔았다 말의 부스러기들은 깊은 밤에도 날아다녔다

낭만 여인숙

죽방멸치 한 상자를 받았다
파도는 멈추지 않고 죽방멸치를 따라서 내게 왔다

꼬불꼬불한 골목길로 숙소에 닿을 때까지, 아직도 이런 방이 남아 있다니? 꽃무늬 이불과 분홍 커튼과 생수병과 두 개의 컵, 당신은 좋은 곳이라고 했지 창문으로 파도 소리가 넘어왔다 파도가 운다고 슬퍼하던 때도 있었다 파도가 세어지면 물고기들은 슬퍼하며 자는 척했다 숙맥인 멸치들만 잡혀 왔다 물 밖을 모르는 멸치들, 우체통 같은 물목으로 헤엄쳐 들어가고 있을 테지
낭만 여인숙 주인에게 편지를 썼다

양귀비처럼

물을 들인다

검고 윤나는 머리채로 내게 온 여자
그 여자가 물 먹인 남자들 이야기를 알고 있다

검은 머리채에 휘어 잡힌 남자들과
절세 미녀의 깊고 검은 물색 시간들
제 명에 못 죽고 물만 먹은 이야기들을 듣고 있으면
어느새 내 머리칼도 양귀비처럼 검어져

마침내
물색 좋은 새댁으로 태어나 팔팔해진다

에라, 모르겠다
천오백 년 전 양귀비 그 잘난 여자처럼
제 명에 못 죽은 사내들과
검고 긴 머리채를 바람결에 휘날리며

눈 오는 모자

휴대폰 빨간 버튼 구독을 누르고
모자를 꾹 누른다
좋아요

아직 누르지 않았지만

모자 하나가 흩어지고 있다
그해 눈이 오다 말다 했다
눈을 쓸 때 생각난다
눈 오는 겨울밤 남학생이 나를 불러냈다
모자 위에 눈을 하얗게 얹어놓고
일기를 세 권이나 건네주었다

오십 년은 맹지, 맹지에도 눈이 내릴까

모자 하나가 흩어지고 있다
지금은 말해도 될까 쓰다 만 일기장
모자 없는 모자 이야기

눈 속에 파묻혀
읽어보지 못한 모자

웅얼거리던 모자의 이름이 사라진다
크리스마스가 다시 오고 있다

그때 눈을 털어낸 자리가
눈 속에서 덧난다
맹지
자라지 않는 모자는 아직 거기 있을까

그 날 광화문 네거리에서 또 만났을 때
누르지 못했던 모자
좋아요
사랑은 그렇게 흘러가고 있다

빨간 버튼 구독을 누르고
좋아요

모자에 닿을 때까지

참나무 책상

참나무 책상
바람 반대편 산비탈에서 나에게 왔다

줄자도 없는 때
왼쪽이 기울면 오른쪽에 종이를 끼우고 썼다
기우뚱할 때마다
웬 사랑이라는 말이 튀어나오나

나무에 턱을 고이면
햇볕이 쫓아와 노트를 비추었다

참나무 한 그루에
나를 걸치고
가장자리 어긋난 시를 썼다

참나무 심장 속에서 푸른색 잉크가 풀려나오고
시에서는 생나무 타는 냄새가 났다

이른 새벽
홀로 깨어

절뚝거리며
다 버리고
다 걸어왔다는 듯
네 다리로 버티고 선

참나무 책상에서
들풀 같은 시를 쓴다

서쪽을 보다

우리는 동쪽에 있다

남편은 늘 동쪽 벽에 기대어 앉아
서쪽 벽을 보고 있다

액자 속 인물들은 표정을 바꿀 생각이 없다
40년 된 소철은
현관문 열리는 소리에도 놀라지 않는다

반가운 적이 없는 기억들이
꽃 진 화분에서 기어 나와
틈새를 찾아다니며 핀다

르누아르의 여자는 그림 속에서도 르누아르를 사랑한다
꼭 하고 싶은 말은 냉동실에 넣어두고
죽음은 말하지 않는다

우리는 매일

정장 차림으로 날씨를 읽는다

서쪽 벽은 늘 춥고 어둡다
바라보는 중이다

매일 웃는다

한 집에서 두 사람의 영혼이 산다

한 사람이 거실에서 티브이를 보면
한 사람은 부엌에서 시를 쓴다

아이들은 우리 사이를 위험하다고 한다
나는 괜찮다고 받는다

심심해서 보일러 온도를 높인다
심심해서 말의 온도를 낮춘다

한 사람과 또 한 사람이 웃는다

질문을 버린다
말이 안 되는 말은 서로 뽑아준다
맹세들도 버리는 중이다

선물을 주고받는다

고맙다는 말을 하나씩 나누어 가진다

한 사람 같은 두 사람이 웃는다

잠속의 발

낯설었다

그의 두 발은 거실에 있고
내 발 한쪽은 다용도실에서 땀을 흘린다
그의 발은 넘치고
나의 발은 덜 자라서
모래밭에서 길어졌다

덜 자란 발과
차고 넘친 발이 쓴 이야기를
모조리 태워버리는 밤
그는 잠속에서 내 긴 발을 잘라냈다

반창고를 붙이고 잠드는 발
백 가지의 문수와
백 가지의 색깔이 엉켜 있다

한 번도 신어보지 못한 신발을 신고

내 발은 산을 넘고 있다

거위 털 이불

푸아그라가 먹고 싶은 날은
거위 털 이불을 가슴 위까지 끌어당긴다
난방을 하지 않는 사람들은
추우면 왜 거위 간을 얼려 먹었을까

거위들에게
가슴이 추워서 이불이 되었냐고 물었다

부어오른 거위들의 간
언 푸아그라를
낮은 불에 구워 먹는 사람들

작별도 못 한 가슴 털이
숨지도 못 한 거위 간이
살아날 듯
가슴 위에서 부풀어 오르는 밤

터무니없이 잠이 온다

눈을 감고

구름을 타고

가슴 털에게 가는 중이다

잃어버린 시간을 찾아서 5
— 시간의 풍구질

한 방에서 열 한 명이 잤다.

눈만 붙이면 잤다.

시숙도 없고

제수도 없고

이모도 없었다.

그런 건 모두 없었다.

없는 대로 잤다.

없는 게 편했다.

모든 고통들이 모여 잤다.

붕대 감은 팔을

붕대 감지 않은 팔로 받들고 자는

여자가 있었다.

밤새 웅웅거리는

그 여자의 붕대 속에서

영도다리가 오르락내리락했다.

열 한 명이 한솥밥을 먹었다.

매일 먹었다.

셋이 아프고

다섯이 먹었다.

먹고 나가면 다음 사람이 먹었다.

나는 매일 풍구질을 했다.

밥이 타도록 풍구질을 했다.

밥이 타면 물에 씻어 먹었다.

삐29는 오지 않았다.

먹어도 먹어도 삐29가 오지 않았다.

시간이 거꾸로 흐르는 것 같았다.

잃어버린 시간을 찾아서 6

― 옥시풀

어머니는 고래 고기를 썰어 팔았고, 나는 물지게를 졌고,
중학교에 입학했다. 아버지는 늙은 군인으로 제대를 했다.
우리는 영흥에서 영등포로, 영등포에서 영도 섬으로, 영도
섬에서 철새처럼 서울로 이주했다. 주인 없는 소련 영사관
자리, 부서진 건물에 허가 없는 바라크 집들이 눈 깜짝할
사이에 굴 딱지처럼 달라붙었다.

서울에선 나무들이 자랐고,
종로가 자랐고,
남대문이 자랐고,
공장들이 자랐고,
길이 자랐고,
새 나라의 어린이처럼
시간이 자랐다.
다리들이 자랐고
뾰족한 건물에선
종소리들이 높게 자랐다.

나는 짧은 치마를 입고 머리엔 옥시풀을 바르고 광화문
을 쏘다녔다.

제4부

서울의 게르

게르가 허물어지고 있어요 쫓겨나는 유목민들이지요 재
개발을 반대해요 사막을 반대해요 모래바람을 반대해요 구
멍을 반대해요 애들이 담장에 찰싹 붙어 담배질하는 여길
너무 좋아해요 깡통으로 축구를 해요 깡통구좌가 바로 이
것이에요 저기 있는 허공 캄캄하지요 모래뿐인 저 구멍 속
을 들여다봐요

저 엄숙하고 친절한 것들, 내 일거수일투족을 체크하는
것들, 살아 숨 쉬는 것조차 계량하는 것들, 고요하게 눈 부
릅뜨고 내 사소하고 미약한 삶의 질량까지, 부끄러울까, 내
이름자 쓰고 봉함

사막을 반대해요
재개발을 반대해요

떠오르지 않는 수평선

떠오르는 친구를 보았다
그의 남편은 육개장을 먹었다

바다가 차오를 때까지
아무 일도 일어나지 않았고
겨울이 오기 전에
우리는 그냥 두 번 세 번 물 밑으로 가라앉았다
바다를 공유했다

친구는 떠올랐고
그의 구름 속에
얼굴을 파묻었다

차가운 햇볕 아래
모래들이 증발하고
친구가 증발하고
바다가 사라지고
오늘이 지워지고

지도에만 남은 모래와 수평선

울지 않았다
지워진 수평선 위로
손톱만 한 달이 떠오를 때까지

먼 데를 바라보면
거기
다리 긴 새가 작은 물고기들을 잡아먹었다

친구는 끝에서부터 날짜를 세었고
나는 줄기차게 처음으로 돌아갔다
떠오른 죽음보다 더 빨리

복개천

복개를 하는 것이 아니었다
복개를 하면 동티가 났다
덮으니까 아무 말이나 만들어냈다

만들어낸 말을 가로질러서

나는 이사 가지 않았다

냄새가 나는 바닥이 개천이었다
거기에서
새벽을 여는 호박꽃을 들여다보았다
나비들이 꽃 속에서 늦잠을 잤다
비가 오면 호박꽃과 함께 비를 맞았다

사람들이 복개천을 떠났다
호박을 심던 할아버지도 떠났다
호박을 따던 아들도 떠났다

복개천을 모르는 사람들뿐이고
공원은 고무로 바닥을 깔고
고무바닥을 가로질러서

나는 이사 가지 않았다

물도 돌아올 것 같지 않았다

호박꽃들이 이슬을 물고
나비들이 꽃가루를 업고

뼈

가을이 오고 있다
뼈가 시린 가을
고분의 뼈들은 안녕한지

뼈에 구멍이 뚫리고
무릎이 나갔다

오분 동안
시린 다리 한쪽 흔들면
구멍들이 보이고
모래밭이 보이고
길어지는 낙타의 한숨 소리가 들렸다

사막에 빠뜨리고 간 뼈들이 많다
찾아봐도 만져지지 않는다
종일 걷는다

구멍 뚫린 뼈 하나가 말을 건다

시를 버리고

구멍을 버리고

가방을 버리란다

뼈가 나를 찾아다니는 꿈을 꾼다

재개발지역

플래카드가 나부꼈다
화가 잔뜩 난 목소리로

다음날은 무엇이 잘 타결되었는지
축 축 축 옥상에서 축이 세 개나 늘어졌다

이곳은
빈 화분 몇 개가 집을 지키면 휴전이고
비었던 화분에 분노가 수북하면 전쟁을 한다
찬성인지 반대인지 창문들은 늘 닫혀 있다
빈 화분들도 입을 열지 않는다
마지막은 언제일까

가끔씩 서커스단이 들어와 천막을 치고
늙은 피에로가 밤하늘 저편을 향해 북을 쳤다

새 건물이 들어서면
터무니없이 다 잊히겠지

만보기를 달고

나는 폐허를 어슬렁거린다

어제의 방

벽지를 바꿀 때마다
꿈은 수시로 흐려지고 수시로 바뀌었다
그중 아이를 낳는 꿈이 제일 쉬웠다

방바닥 밑으로 스며든 물이
아궁이에서는 꿈으로 흘러갔다
하루에 세 번씩 꿈을 깨고
세 번씩 싸움을 했다

열아홉 개의 연탄구멍에서
검붉게 타오르던 꿈
들킬까 봐 조마조마했던 방

두꺼비 집을 자주 열고 닫았다
키우지 않아도 아이들은 자랐다

머물렀던 저녁 빛이
내일 또 오겠다고 가버린다

열아홉 개의 검은 구멍 연탄난로 옆에서
아이를 끼고
잠이 들면
꿈들은
제멋대로 흘러가다 멈추고
멈추었다 또 흘러갔다

그들은 반짝거렸다

나의 창문은 캄캄하다
너의 창문은 반짝거린다
두 창문 모두 캄캄할 때도 있다
자주 캄캄해졌다

창문 하나 없는 집에서 살았다
낮이 밤 같았다
가끔 남의 창문을 들여다보았다
그들은 반짝거렸다

한 번 캄캄해지고
두 번 캄캄해지고
세 번 캄캄해지고
창문들은 사라졌다

창문 많은 나의 골목들
꺼졌다 켜지기를 반복한다

내가 좋아하는 창문 하나
앉았던 자리를 서로 비켜주는
남자와 여자

창문에서 불빛이 일렁인다

천천히 천천히
그때의 창문 앞에 선다

돌확

시가 써지지 않아
마당에 서 있을 때
제주에서 온 돌확이 내게 말을 건다

불구덩이 속을 굴러 본 적 있니?
천 길 벼랑 아래를 내려다본 적이 있니?
온몸을 숨구멍으로 만들어 본 적 있니?

울퉁불퉁한 돌확
숨구멍마다 거품이 박혔다

불을 빠져나올 때
시커메진 그 얼굴로

숨만 쉬면 시가 나오는 줄 알았니?

불구덩이 속에서 숨구멍을 찾아보라고
내게 말을 건다

사막 빵집

  프랑스 빵 가게가 문을 닫았다. 하루 천 명이 드나들던 빵집. 강남으로 이전한다고 써 붙였다. 버터 타는 냄새가 났다. 빵 냄새를 맡는 이도 있었고 정자가 타 죽는 냄새라고 수군거리기도 했다. 프랑스가 싫지 않은 나는 빵 가게로 빵을 사러 갔다. 문을 닫은 빵 가게, 프랑스를 생각하며 네일아트 집에서 빵을 기다렸다. 다이옥신 피해는 119에 신고하는 게 옳다고 문자들이 들어왔고. 정자가 타죽을까 두려운 나는 강남으로 프랑스를 만나러 가야겠다. 빵을 끊을 수밖에 없다는 남편에게 프랑스 빵은 젊어지는 방법이라고 말했다.

녹는다

눈이 내리지 않아도 미끄러진다
미끄러지지 않으려고 톱날 같은 신발을 바꿔 신는다

눈 속에 떨어진 신문을 안고
계단을 밟아 올라오는
그의 새벽 발걸음이 미끄럽다

이 세상의 모든 염화칼슘은 눈보다 먼저 녹는다
신문들이 녹지 않은 것들은 시커멓다고 썼다
어젯밤부터 녹지 않는 눈 기사가 대부분이다

흰 벌판에서 잃어버린 길을 되찾는 작업을 한다
종일의 노동으로
살아서 꿈틀거리는 길들이
벌판을 허물며 사람들 뒤를 따라다닌다

미끄러질 사람은 미끄러져도
다니던 길을 바꾸지 않는다

미끄러지기 전에

한 번쯤은 하늘을 올려다봐야 할 텐데

계단에 엎드린 그의 발자국이

금방이라도 내게 손을 내밀듯

검은 구멍들

몽골 들판의 구멍들
내 가슴 사진에 찍히는 검은 별들 같다

의사는 내게 시를 버리고
구멍들을 안고 살라고 했다
들여다보면
구멍들이 새끼를 까놓은 듯
큰 것 작은 것
무서운 줄 모르고 반짝거린다

찍어볼 때마다 더러워지는 나의 하늘
낭종들

몽골 여행의 첫날
검은 구멍들을 버렸다
볼펜들을 버렸다
검은 별들을 모두 버렸다

아무 때나 울었다

달력을 넘겨본다
울고 싶었던 날은 얼마나 많았을까

울 때는 울음들을 한꺼번에 쏟아내었다

울 때 울 줄 아는 자들이
떠날 때는 울지 않았다

주고받은 문자들이
몇 장 울음으로 남았다
울음들이 물기 없이 바스라지고 있다
달력은 울음보다 가볍게 넘어간다

아무 때나 울었다

달력이
한꺼번에 울음을 쏟아내고 있다

시를 쓰려고 하면

시를 쓰려고 하면 등이 아팠다
허리를 구부리면 편했다

24년 동안 허리를 구부렸다
부녀회장 앞에서 구부리고 야채장수 앞에서 구부리고 지
하철에서 나오는 어린 청년을 붙잡고 구부리고 아무 데서
나 아무에게나 구부렸다

등뼈를 세우면 등이 아팠다
4월의 봄바람도 등뼈 위에서 구부러졌다
아무 데서나 접히는 등뼈
아침에 구부리고 저녁에 허물어졌다
구부릴수록 남편은 이기고 나는 마을회관 앞에 쓰러졌다

논두렁에서 회관에서 장마당에서
척추를 잃는 병

아무 데서나

아무에게나

허리를 내주는 병

구부리다 구부리다 꼿꼿이 세워지지 않는 큰 병을 얻었다

꼿꼿해지려고 나를 세우면 세울수록 등이 찢어졌다

기억의 원리와 시적 환유의 방법

오형엽

기억의 원리와 시적 환유의 방법
— 최금녀 시의 원리와 기법

오형엽
(문학평론가)

1. 세 가지 기억의 원리와 형상화 방식

최금녀 시인의 핵심적인 시적 형상화 방식은 과거의 경험을 회상하고 추억하는 '기억의 원리'에 의해 구조화된다. '회상' 혹은 '회감回感'은 서정시의 기본 특성으로 오래 전부터 회자되어 왔다. 에밀 슈타이거Emil Staiger는 『시학의 근본개념』에서 '서정성'을 회상 혹은 회감(Erinnerung)으로 정의하고, 이 개념을 "서정적 상호 침투를 위하여 주체와 대상 사이의 거리가 없는 상태를 지칭하는 용어"로 사용한다. 이와 연관해서 볼프강 카이저Wolfang Kayser는 서정시의 본질을 '대상의 내면화'로 규정했고, 조동일은 서정적 갈래의 원리를 '세계의 자아화'라는 개념으로 정의하기도 했다. 그 연장선에서 김준오는 『시론』에서 서정시의 장르적 특징을 동화(assimilation)와 투사(projection)를 통해 자아와 세계의 동일성을 추구하는 데서 찾는다. 이러한 동의의 과정을 거쳐 그동안 서정시는 시적 주체가 대상을 자신의 정서로 내면화하고 동일시하는 시들로 정의되어 왔는데, 이 원리는 주체가 자연과의 관계를 통해 자기 성찰 및 각성을 시도하거나 세계와의 갈등을 극복하여 합일의 경지를 모색하는 시적 지향성과 접목되어 있다.

최금녀의 시도 이러한 '회상' 혹은 '회감'의 원리를 통해 서정시의 기본 특성을 내장하면서 '서정의 본질'에 충실하다고 볼 수 있다. 그런데 최금녀 시의 서정성은 여타의 서정시와 두 가지 측면에서 구별되는 변별성을 보여준다. 첫째는 시적 주체의 감정 표현을 최대한 절제하는 것이고, 둘째는 시적 주체의 자기 성찰이나 세계와의 갈등 극복을 좀처럼 제시하지 않는 것이다. 이 두 가지 요소를 생략하거나 공백으로 두면서 다음 단계로 비약하거나 다른 방식으로 대체하는 데서 최금녀 시의 미학적 특이성을 발견할 수 있다. 최금녀 시에서 회상의 대상인 과거의 경험은 유년 시절에 겪었던 피난지의 궁핍한 생활에서부터 학생 시기에 겪었던 낯선 문화적 체험, 성장 시기에 겪었던 인간관계의 굴절 등을 거쳐서 결혼 이후의 가족 관계에 이르기까지 오랜 기간에 걸친 다채로운 파노라마를 보여준다. 따라서 이 과거의 경험을 회상하는 시적 주체의 현재 감정은 그리움, 애정, 후회, 미련, 미움 등 복잡다기한 스펙트럼을 가지면서 폭넓은 진폭을 가질 만도 하다. 그리고 회상의 대상인 과거의 경험은 대체로 현실과의 불화 및 타인과의 불일치로 인해 고난, 상처, 고통, 상실 등으로 점철되므로 자연과의 관계를 통해 자기 성찰을 시도하거나 세계와의 갈등을 극복하여 합일의 경지를 모색하는 시적 지향성을 제시할 만도 하다. 그러나 최금녀의 시는 나름의 시적 기율紀律을 통해 최대한 감정 표현을 절제하고 자기 성찰이나 세계와의 갈등 극복을 제시하지 않으면서 추억의 대상인 과거의 경험이나 상황을 객관적 거리를 두고 묘사하거나 진술한다.

요약하면, 일반적인 서정시에서 시적 주체가 '회상이나 회감-정서의 표현-자기 성찰'을 시도하면서 '자기 동일성'을 확인한다면, 최금녀의 시는 '회상이나 회감'에서 출발하지만 '정서의 표현' 및 '자기 성찰'을 생략하거나 공백으로 두면서 독특한 시적 기율에 의거한 형상화 방식으로 대체함으로써 독자적인 시 세계를 구축하는 것이다. 생략이나 비약을 감행하면서 과거의 경험을 객관적으로 묘사하거나 진술하는 시적 형상화 방식은 최금녀의 시가 회상에 의해 구조화됨에도 불구하고 통상적이고 범박한 정서적 표현이나 자기 성찰의 매너리즘에 매몰되지 않고 시적 품격을 지킬 뿐만 아니라 시적 밀도 및 강도를 강화하는 데 중요한 역할을 담당한다. 이 글은 이러한 최금녀 시의 미학적 특이성을 염두에 두고 이번 시집 『기둥들은 모두 새가 되었다』에 나타나는 독자적인 서정의 구조화 원리 및 형상화 방식을 구체적으로 살펴보고자 한다. 필자는 이번 시집을 정독하는 과정에서 최금녀 시의 '기억의 원리'가 과거적 경험에 대한 회상뿐만 아니라 현재적 양상에 대한 인식과 미래적 사건에 대한 예감까지 포함한다는 점을 확인하였다. 따라서 이 글은 최금녀의 이번 시집에 나타나는 '기억의 원리'를 크게 '과거 회상의 원리', '현재 인식의 원리', '미래 예감의 원리'로 구분하고 각각의 원리에 상응하는 시적 형상화 방식을 규명해 보려고 한다.

2. 과거 회상의 원리-장소와 신체와 자연의 조응, 촉각적 환유의 기법

이번 시집에 나타나는 '기억의 원리' 중 '과거 회상의 원리'를 구체적으로 살피기 위해 다음 작품을 시적 구조화 원리와 형상화 방식의 차원에서 집중적으로 분석하기로 하자.

불광동은
새로 산 신발처럼 불편하고
조금씩 헐거워지고

봄에도 눈이 질퍽거렸다

발이 아플 때마다 마음이 아플 때마다 눈이 내렸다
발이 아픈 곳에서 눈이 다시 시작됐다
미끄러지는 발을 자주 씻었다

생각은 밤거리에 있었고
내 발은 눈 속에서 얼었다

불광동에서 나는 사랑 시를 썼다

—「불광동」 전문

　이 시는 시집의 첫머리에 놓인 작품으로 서시序詩에 해당하므로 이번 시집의 전체적인 구조화 원리 및 형상화 방식을 함축한다고 볼 수 있다. 이 작품은 최금녀 시의 '기억의 원리'에서 가장 기본을 이루는 '과거 회상의 원리'를 잘 보여주는데, 그 첫 번째 원리는 시적 주체의 회상이 구체적인 '장소'로부터 촉발되는 데 있다. 인용한 시에서 "불광동"은 시의 제목이기도 하고 1연에서 주어로서 1행 전체에 제시되며 4연에서는 어두에 제시되는 등 큰 비중을 차지하면서 등장한다. 장소 혹은 지역이 회상의 기본 토대로 작동하는 양상은 최금녀 시의 '과거 회상의 원리'에서 공간성이 중심축을 형성하면서 시간성과 상호 교직하여 시적 좌표축을 형성한다는 의미를 가진다. '기억'은 기본적으로 과거와 현재 간의 거리를 단축시키는 축시술縮時術인데, 이 축시술을 성사시키는 중심 요소가 장소의 동일성이나 유사성이라는 점을 주목할 수 있다. 이때 기억의 대상인 과거의 경험과 기억의 토대인 장소성의 접속은 '환유의 수사학'에 의해 성립된다.

그런데 1연에서 화자는 "불광동"을 "새로 산 신발처럼 불편하고/ 조금씩 헐거워"진다고 비유적으로 표현한다. 이러한 표현에는 '불광동'-'새로 산 신발'-'발의 불편함과 헐거워짐'이라는 두 겹의 비유가 압축되어 있다. 즉 시적 화자는 "불광동"이라는 장소에서 촉발되어 과거의 경험을 회상하는데, 이 회상은 "새로 산 신발"이라는 소유물을 경유하여 그것을 신은 "발"의 "불편"함과 "헐거워"짐이라는 감각적 비유로써 이루어지는 것이다. 여기서 기억의 매개로서 주체의 '부분적 신체'인 "발"이 촉각적 감각으로 작용한다는 점이 특히 중요하다. '장소'에서 촉발되는 최금녀 시의 '과거 회상의 원리'는 주체의 신체가 느끼는 구체적인 '촉감'을 중심으로 연상 효과를 발생시키는 것이다.

이 연상 효과는 1연의 4행 "봄에도 눈이 질퍽거렸다"에서 시적 화자의 "발"이 "눈"과의 상호 작용에 의해 "질퍽거"림이라는 감각 현상으로 발현된다. 즉 "새로 산 신발"과 그것을 신은 "발"의 "불편"함과 "헐거워"짐이라는 감각은 다음 단계에서

"발"이 '자연 현상'인 "눈"과 만나서 "질펵거"림이라는 촉감으로 전이되는 것이다. '부분적 신체'와 '자연 현상'의 상호 조응은 2연으로 전개되면서 더 전면화된다. "발이 아플 때마다 마음이 아플 때마다 눈이 내렸"고 "발이 아픈 곳에서 눈이 다시 시작됐다"라는 표현은 화자가 겪은 과거의 경험이 "눈"이라는 자연 현상과 결부되면서 신체의 아픔이 마음의 상처로 연결되는 모습을 보여준다. 2연에서 특히 주목할 부분은 "미끄러지는 발"이라는 표현이다. 이 표현은 1연의 "봄에도 눈이 질펵거렸다"에서 출발하여 2연의 "발이 아픈 곳에서 눈이 다시 시작됐다"를 거쳐 그 강도가 증폭되면서 3연의 "내 발은 눈 속에서 얼었다"라는 문장에 이르는 징검다리 역할을 담당하면서 1~3연에서 핵심적 풍크툼을 이룬다. 필자가 "미끄러지는 발"을 풍크툼으로 인지하는 이유는 그것이 "질펵거"림, "아"픔, "얼"음 등의 다른 촉각적 감각을 대표하면서 '회상'의 대상인 과거의 경험을 환유적으로 표현하기 때문이다.

한편 4연의 "불광동에서 나는 사랑 시를 썼다"라는 문장은 1~3연의 서술과 자연스럽게 연결되기보다는 일종의 생략 혹은 공백을 거쳐서 도달한 비약적인 결론을 보여준다. "발"과 "눈"이 상호 조응하여 촉감이 "질펵거"림-"아"픔-"미끄러"짐-"얼"음으로 전개되는 시상이 고난, 상처, 고통 등의 과거적 경험을 암시한다면, "사랑 시를 썼다"라는 문장은 그럼에도 불구하고 그것을 감내하고 승화하려는 시도를 사랑에 대한 시 쓰기를 통해 추구했다라고 해석할 수 있다. 주목할 부분은 최금녀가 1~3연의 서술을 4연으로 전환시키면서 '아픔과 불행'-'감내와 승화'-'사랑 시 쓰기'라는 과정을 과감히 생략하거나 압축하면서 대부분의 서정시가 중점적으로 표현하는 '정서의 표현' 및 '자기 성찰'을 제시하지 않는 점이다. 최금녀의 독특한 시적 기율에 의해 생겨나는 형상화 방식인 '압축'과 '생략'을 통한 '여백'은 대부분의 서정시가 함몰되기 쉬운 시적 자아의 주관성 및 통념적인 깨달음의 차원에서 벗어나는 길을 열어준다고 볼 수 있다.

지금까지의 논의를 요약하면, 최금녀 시의 '과거 회상의 원리'는 기억의 기본 토대로서 '장소성'이 작동하고, 기억의 매개로서 '부분적 신체'가 '자연 현상'과 상호 조응하면서 '촉감'을 발생시키며, '생략' 및 '압축'으로 '여백'을 만듦으로써 비약적으로 시 창작이라는 결과물을 생성시킨다. 시적 주체의 '부분적 신체'인 "발"이 제시하는 '촉각적 감각'이 과거의 경험을 대변하는 환유적 이미지라는 관점은 「강릉」, 「녹는다」 등의 작품에서도 발견된다.

> 그 발로는 시집 못 간다던
> 내 발
>
> 지난여름

동해안 모래밭

시집 못 간다던 그 발뒤꿈치에

펄쩍 뛰어오르던 물결

　　　　　　　　　　　—「강릉」 전문

　이 시도 앞에서 언급한 최금녀 시의 '과거 회상의 원리'가 가지는 구성 요소들을 유사하게 보여준다. 기억의 기본 토대인 '장소'로서 "강릉"과 "동해안 모래밭", 기억의 매개인 '부분적 신체'로서 화자의 "발", "발"과 상호 조응하는 '자연 현상'으로서 "물결", '부분적 신체'와 '자연 현상'이 상호 조응하면서 작용하는 촉각적 감각으로서 "펄쩍 뛰어오르던" 등이 여기에 해당한다. 또한 이 시는 '생략' 및 '압축'으로 '여백'을 만듦으로써 비약적인 표현을 생성시키는 형상화 방식도 유사하게 보여준다. 1연 "그 발로는 시집 못 간다던/ 내 발"이라는 구절에서 "그 발"과 "내 발" 사이에는 타인의 시선이 화자의 시선으로 이동하는 과정에서 발생했을 법한 많은 사연이나 감정들이 생략되면서 압축되어 있다. '생략' 및 '압축'으로 생겨나는 '여백'의 미학을 통해 시적 화면의 중심부에는 화자의 "발"이 클로즈업된다. 화자의 "발"은 내용상 대비적 구도를 형성하는 1연과 2연을 이어주는 연결고리 역할도 담당한다. 과거 시제로 구성되는 1연과 현재 시제로 구성되는 2연에 공통적으로 등장하는 "발" 이미지가 시적 프레임의 중심축을 형성하면서 과거와 현재를 대비시키는 것이다.

한편 2연의 "그 발뒤꿈치에/ 펄쩍 뛰어오르던 물결"에서 "그 발뒤꿈치"와 "펄쩍 뛰어오르던 물결"은 앞에서 언급한 주체의 '부분적 신체'로서 "발"의 촉감이 고난, 상처, 고통, 상실 등의 과거의 경험을 대변한다는 관점과는 차이를 보여준다. 다시 말해, 2연의 시간 및 공간적 배경인 "지난여름/ 동해안 모래밭"에서 화자의 "발뒤꿈치"가 경험한 "펄쩍 뛰어오르던 물결"은 과거에 경험했던 타인들의 비난 혹은 비관적 견해와는 달리 '부분적 신체'와 '자연'이 조응하면서 신체적 매혹과 약동하는 생명의 에너지를 발산하고 있다. 필자는 이 2연을 큰 틀에서 화자가 현재적 경험을 표현한 것으로 해석하고자 한다. 여기서 최금녀 시의 '부분적 신체'인 "발"과 '자연 현상'이 상호 조응하여 발생시키는 '촉각적 감각'의 시적 의미와 기능에 대해 좀 더 규명해 볼 필요가 있다. 최금녀 시에서 "발" 이미지는 최말단의 신체 기관으로서 '몸소 겪음(passion)'의 시적 의미를 동반하면서 '자연 현상'과 상호 조응하는 '촉각적 감각'을 통해 고난과 고통, 매혹과 약동 등의 '감응(affect)'을 암시적으로 응축하여 표현하는 시적 기능을 수행한다. 이 두 요소로 인해 최금녀의 시는 대부분의 서정시와 달리 최대한 감정 표현을 절제하고 자기 성찰이나 세계와의 갈등 극복을 좀처럼 제시하지 않으면서도 '몸소 겪음'의 시적 의미와 고난과 고통, 매혹과 약동 등의 '감응'을 효과적으로 표현하는 것이다. 수사학적 관점에서 분석하면, '장소'뿐만 아니라 '부분적 신체'인 "발"이나 '촉각적 감각'도 주체의 경험을 '환유'로 표현한다고 볼 수 있다.

눈이 내리지 않아도 미끄러진다
미끄러지지 않으려고 톱날 같은 신발을 바꿔 신는다

눈 속에 떨어진 신문을 안고
계단을 밟아 올라오는
그의 새벽 발걸음이 미끄럽다

이 세상의 모든 염화칼슘은 눈보다 먼저 녹는다
신문들이 녹지 않은 것들은 시커멓다고 썼다
어젯밤부터 녹지 않는 눈 기사가 대부분이다

흰 벌판에서 잃어버린 길을 되찾는 작업을 한다
종일의 노동으로
살아서 꿈틀거리는 길들이
벌판을 허물며 사람들 뒤를 따라다닌다

미끄러질 사람은 미끄러져도
다니던 길을 바꾸지 않는다
미끄러지기 전에

한 번쯤은 하늘을 올려다봐야 할 텐데

계단에 엎드린 그의 발자국이
금방이라도 내게 손을 내밀듯
— 「녹는다」 전문

　필자는 「불광동」을 분석하면서 특히 "미끄러지는 발"이라는 표현을 핵심적 풍크툼으로 간주하고 다른 촉감들을 대표하면서 화자의 경험을 환유적으로 표현한다고 언급한 바 있다. 인용한 시는 "발"의 "미끄러"짐을 중심 모티프로 등장시켜 작품 전체의 주제로 연결시킴으로써 이러한 필자의 언급을 구체적으로 뒷받침하는 근거를 제시한다. 이 시는 '자연 현상'으로서 "눈"과 시적 주체의 '부분적 신체'인 "발"이 상호 작용하면서 "미끄러"짐이라는 '촉각적 감각'을 발생시키는 최금녀 시의 원리를 잘 보여준다. 여기서 유의해야 할 부분은 "발"의 "미끄러"짐을 낳는 원인으로서 "눈"의 "녹"음이 전제되어 있다는 점이다. 시의 제목이 「녹는다」인 점에서도 드러나듯, 이 시에서 '자연 현상'으로서 "눈"이 "녹는다"라는 양상이 시적 특이성 및 주제에 중요한 영향을 미친다. 따라서 이 시에 나타나는 "눈"의 "녹"음과 "발"의 "미끄러"짐을 세밀히 분석하는 작업은 「불광동」에서 주체의 촉감이 "질퍽거"림-"아"픔-"미끄러"짐-"얼"음으로 전개되는 과정에서 압축 및 생략을 통해 생겨나는 여

백 속에 어떤 시적 의미가 숨어 있는지 규명하는 데 실마리를
제공해 줄 것이다.

　1연의 "눈이 내리지 않아도 미끄러진다", 2연의 "그의 새벽
발걸음이 미끄럽다" 등의 문장에서 시적 주체의 "발"이 "미끄
러"지는 이유는 표면에 드러나지 않지만 "눈"이 "녹"기 때문인
데, "눈"이 "녹는" 양상이 내포하는 시적 의미는 간단치 않은
듯하다. 3연에서 "이 세상의 모든 염화칼슘은 눈보다 먼저 녹
는다"라는 문장이 암시하는 것은 "눈"은 상대적으로 다른 대상
보다 먼저 녹지 않는다는 의미이고, "신문들이 녹지 않은 것들
은 시커멓다고 썼다/ 어젯밤부터 녹지 않는 눈 기사가 대부분
이다"라는 문장이 암시하는 것은 녹지 않은 것은 순결성을 잃
고 오염된다는 의미이다. 따라서 화자는 "눈"이 "녹"아서 "발"
이 "미끄러"지는 현상에 대해 양가적 감응을 가지고 긍정적 인
식과 부정적 인식 사이에서 진동한다고 볼 수 있다.　왜냐하면
4연은 "잃어버린 길을 되찾는 작업"이 "종일의 노동"을 통해
진행된다는 점에서 일상적 현실의 삶을 회복하는 모습인데, 5
연의 "미끄러질 사람은 미끄러져도/ 다니던 길을 바꾸지 않는
다"라는 문장에서 유추할 수 있는 것은 주체에게 "미끄러"짐은
예정되어 있는 일종의 운명과 같은 것이고 그것을 수락하는
일만이 허용된다는 의미이기 때문이다.

　이 시에서 주제를 가장 핵심적으로 표출하는 부분은 5연의
"미끄러지기 전에/ 한 번쯤은 하늘을 올려다봐야 할 텐데"라

는 문장이다. 여기서 "미끄러"짐의 시적 의미가 은연중에 노출되는데, 그것은 "하늘을 올려다" 보는 일과 대립 항을 이루므로 '바닥으로 내려감 혹은 가라앉음'이라는 의미가 내포된 것이다. 따라서 「불광동」과 「녹는다」에서 공통분모로 나타나는 "눈"의 "녹"음과 "발"의 "미끄러"짐이 내포하는 시적 의미는 주체가 과거의 경험을 '바닥으로 내려감 혹은 가라앉음'이라는 의미를 중심으로 회상한다고 요약할 수 있을 것이다. 그렇다면 이러한 시적 의미는 주체가 부정적 인식을 가지고 과거의 경험을 회상한다고 해석해야 타당한 것처럼 보인다. 그러나 필자는 「불광동」에서 주체의 촉각적 감각이 "질퍽거"림-"아"픔-"미끄러"짐-"얼"음으로 진행되었기 때문에 "사랑 시"를 쓸 수 있었고, 「강릉」에서 "미끄러지는 발"과 내적 연관성을 가지는 "그 발로는 시집 못 간다던/ 내 발"에도 "물결"이 "펄쩍 뛰어오르"며, 「녹는다」에서 "미끄러질 사람은 미끄러"진다는 운명에 대한 수락 등의 의미 맥락을 종합할 때, "눈"의 "녹"음과 "발"의 "미끄러"짐에 대해 화자가 긍정적 인식과 부정적 인식 사이에서 진동하면서 양가적 감응을 가진다고 해석하는 것이다.

3. 현재 인식의 원리-새와 뼈와 구멍의 연상, 심리적 환유의 기법

이번 시집에 나타나는 '기억의 원리' 중 '현재 인식의 원리'

를 구체적으로 살펴보자. 필자는 「강릉」의 1연이 '과거 회상'
인 반면 2연의 "지난여름"에 "그 발뒤꿈치에/ 펄쩍 뛰어오르던
물결"이 '현재 인식'에 해당하고, 「녹는다」에서 "한 번쯤은 하
늘을 올려다봐야 할 텐데"라는 의지가 '현재 인식'에 해당한다
고 간주한다. 중요한 부분은 '과거 회상의 원리'가 "눈"의 "녹"
음과 "발"의 "미끄러"짐을 통해 '바닥으로 내려감 혹은 가라앉
음'이라는 의미를 내포한다면, '현재 인식의 원리'는 그 대척점
에서 시적 주체의 내면 속에 기거하는 "새"의 존재적 양상을
중심으로 형상화된다는 점이다. 이 점을 구체적으로 점검하기
위해 다음 작품을 시적 구조화 원리와 형상화 방식의 차원에
서 집중적으로 분석하기로 하자.

　　내 안에 이런 새들이 살고 있다
　　새가 나에게
　　새를 아느냐고 물었다

　　우리는 서로 다른 새에 대해서 말했다

　　새를 모았다
　　새의 어깨를
　　감정이 돋아날 때까지 닦아준다

감정이 살아난 새들은 이따금씩

눈을 감은 물고기 몇 마리

맹고나무 숲 노을 한 묶음

양말을 신은 바오바브나무 발가락 몇 개도 물고 온다

흔들릴 때마다

나는 새에게 날개를 달아준다

아픈 과거나 고향을 열어보지 않는다

세어보지 않아도

기억하지 않아도

새들의 이름은 새이다

지친 어깨를

굳어버린 슬픔을

부드러운 헝겊으로 닦아준다

이름을 불러준다.

―「새 1」 부분

　　이 시는 화자인 "나"와 "새"의 관계를 중심으로 전개된다. 인용하지 않은 전반부의 1연은 "나의 새들은/ 여행 중 한 점씩 사들인 것이다"라는 문장을 제시하고 2연은 "그들은 뼈 돌 흙 석탄 유리 소금 구리 나무 속에서 태어났다"라는 문장을 제시한다. 전반부에 등장하는 "새"는 여행 중에 구입한 일종의 모형인데 "폼페이에서는 숨구멍이 숭숭 뚫린 시커먼 얼굴로/ 할슈타트 소금 광산에서는 짜디짠 눈물덩어리로/ 체스키크룸로프 예쁜 창문 속이나/ 네팔의 비포장도로에서/ 새들은 나를 친구처럼 맞아주었다"에서 나타나듯, '장소'와 결부되는 "뼈 돌 흙 석탄 유리 소금 구리 나무" 등의 '재료'로 만들어진다는 점에서, '부분적 신체'와 '자연 현상'이 상호 조응하여 '촉각적 감각'을 발생시키는 최금녀 시의 '과거 회상의 원리'와 어느 정도 유사한 면이 있다.

그런데 인용한 중반부에서 "새"는 "내 안에 이런 새들이 살고 있다"라는 문장 이후에 시적 화자의 내면에 존재하는 또 다른 자아의 모습으로 전환된다. "새가 나에게/ 새를 아느냐고 물었다// 우리는 서로 다른 새에 대해서 말했다"라는 문장은 "새"가 분열된 자아로서 화자의 내면에서 대화를 나누지만 합일에 이르지 못하고 상호 어긋나는 상황을 암시한다. 화자는 이 불일치와 어긋남을 극복하기 위해 "새를 모"으고 "새의 어깨를/ 감정이 돋아날 때까지 닦아"준다. "새"의 "감정이 돋아"나는 것은 표면적으로 모형의 물질적 재료에 생명의 온기를 불어넣는 행위에서 기인하지만, 심층적으로는 화자가 내면에 존재하는 또 다른 자아의 슬픔을 위로하고 상처를 치유하는 행위에서 기인한다. 화자의 내면에 존재하는 또 다른 자아는 화자의 분신이기도 하므로, 시적 주체는 "닦"음을 통해 과거의 경험이 발생시킨 내면의 상처, 고통, 슬픔 등을 위로하고 치유하는 것으로 해석할 수 있다.

시적 주체의 자기 위로 및 치유의 행위는 시의 후반부에서 "새"에게 "날개를 달아"주고 "아픈 과거나 고향을 열어보지 않는" 태도로 전개된다. "세어보지 않아도/ 기억하지 않아도/ 새들의 이름은 새이다"라는 문장은 과거를 회상하는 방식이 아니라 현재의 존재성을 직시할 때 존재의 실재를 발견할 수 있다는 의미를 내포한다. 그리고 "이름을 불러준다"라는 마지막 문장은 주체가 자신에게 존재의 의미를 부여하고 가치를 인정한다는 의미를 내포한다. 이러한 해석을 근거로 필자는 인용한 시의 전반부가 최금녀 시의 '과거 회상의 원리'와 어느 정도 유사한 반면, 중반부 이후 후반부는 이와 변별되는 '현재 인식의 원리'를 형상화한다고 간주하고자 한다. 즉 최금녀 시의 '현재 인식의 원리'는 시적 주체가 과거를 회상하는 태도에서 벗어나 자기 내면의 상처, 고통, 슬픔 등을 위로하고 치유하면서 현재의 존재성을 인식하고 자신의 존재 의미와 가치를 인정하는 데로 나아가는 것이다.

한 가지 더 주목할 부분은 최금녀 시의 '과거 회상의 원리'가 "눈"의 "녹"음과 "발"의 "미끄러"짐을 통해 '바닥으로 내려감 혹은 가라앉음'이라는 의미를 제시하면서 '하강'의 방향성을 보

여주는 반면, '현재 인식의 원리'는 주체가 내면적 자기 위로
및 치유를 통해 "새"에게 "날개를 달아"줌으로써 '상승'의 방향
성을 보여준다는 점이다. 또한 이와 연관하여 '과거 회상의 원
리'가 '부분적 신체'와 '자연 현상'이 상호 조응하여 '촉감'을 생
성시키면서 '촉각적 환유'의 수사학을 보여주는 반면, '현재 인
식의 원리'는 주체가 내면에 기거하는 또 다른 자아를 위로하
고 치유하는 데서 현재의 존재성을 인정하는 데로 나아가면서
'심리적 환유'의 수사학을 보여준다고 말할 수 있다.

　새 모이를 파는 사람은 말했다 한나절이면 새들이 우물 여
섯 개 값을 다 파먹을 거라고. 설마 하고 코스트코에 가서 해
바라기 씨 10봉지를 샀다

　새들을 보면 아프리카 우물이 생각나고 카바이드 불빛이
떠오르고 눈 내리는 마당에 서 계시던 아버지가 보인다 너희
들은 누구니? 천막 속에서 아버지와 놀던 너희들은 누구니?
면 내복을 입어도 몸이 마르던 아버지는 지금 어디 계시니?

　아프리카 어린이들에게 우물 여섯 개를 보냈다 새 모이가
많은 코스트코에서 카바이드 불빛은 더 이상 볼 수가 없고 새
들이 마당으로 날아온다 수십 마리의 새들에게 해바라기 씨를
통째로 부어준다

이 시는 최금녀 시의 '현재 인식의 원리'로서 주체가 내면적
자기 위로 및 치유를 통해 자기 존재성에 대해 인정하고 "새"
에게 "날개를 달아"줌으로써 '상승'의 방향성을 보여주는 데서
두 가지 방향의 지향성으로 이동하는 모습을 보여준다. 첫째
는 "새"-"코스트코"-"카바이드 불빛"-"아버지"-"아버지와 놀
던 너희들"로 이동하는 '과거적 회상'의 지향성이고, 둘째는
"새"-"아프리카 우물"로 이동하는 '현재적 확산'의 지향성이
다. 전자는 '시간 이동'의 측면이고 후자는 '공간 이동'의 측면
이라고 볼 수 있다. 1연에서 화자는 "새 모이를 파는 사람"이
"한나절이면 새들이 우물 여섯 개 값을 다 파먹을 거라고" 말
해서 "해바라기 씨 10봉지를" 사는데, 이 대목은 2연과 3연의
연상을 유도하는 물꼬가 된다. 즉 1연에서 두 사람의 현실적
대화 및 행위는 2연에서 화자 내면의 연상을 촉발시키고, 이
연상의 연결고리를 따라서 무의식적 환유가 전개되는 것이다.
여기서 "새"-"아프리카 우물"로 이동하는 환유의 연쇄는 "한나
절"의 "새 모이" "값"이면 "아프리카 우물" "여섯 개 값"에 해당
한다는 대화 내용이 압축되고 전위된 것이고, "새"-"코스트
코"-"카바이드 불빛"-"아버지"-"아버지와 놀던 너희들"로 이
동하는 환유의 연쇄는 "해바라기 씨"를 사기 위해 들른 ""코스
트코"가 과거의 "카바이드 불빛"을 연상시키고 "아버지"와 "너

희들"을 연상시킴으로써 압축되고 전위된 것이다.

　이러한 무의식적 환유의 연쇄 고리에서 중요한 부분은 "새"-"코스트코"-"카바이드 불빛"-"아버지"-"아버지와 놀던 너희들"로 이동하는 과거 회상의 연상보다는 "새"-"아프리카 우물"로 이동하는 현재 인식의 연상인 것을 보인다. 왜냐하면 2연의 무의식적 연상을 거친 후 3연에서 화자의 현실적 행위는 "아프리카 어린이들에게 우물 여섯 개를 보냈다"라는 문장으로 제시되고, 그가 대면하는 상황은 "새 모이가 많은 코스트코에서 카바이드 불빛은 더 이상 볼 수가 없"다는 문장으로 제시되기 때문이다. 요약하면 인용한 시는 주체가 내면의 무의식적 연상을 통해 자기애를 가족애와 공동체적 사랑 및 인류애로까지 전개하는 '확산'의 방향성을 주면서 과거 회상보다는 현재 인식에 무게중심을 두는 모습을 보여준다. 「새 1」과 「새 2」가 "새" 이미지를 통해 '현재 인식의 원리'로서 주체가 내면의 자기 존재성을 인정하거나 공동체적 사랑으로 확산하는 '심리적 환유'의 수사학을 보여준다면, 다음 작품은 "뼈" 이미지를 통해 '심리적 환유'의 수사학을 보여준다는 점에서 주목할 만하다.

　　가을이 오고 있다

　　뼈가 시린 가을

　　고분의 뼈들은 안녕한지

뼈에 구멍이 뚫리고

무릎이 나갔다

오분 동안

시린 다리 한쪽 흔들면

구멍들이 보이고

모래밭이 보이고

길어지는 낙타의 한숨 소리가 들렸다

사막에 빠뜨리고 간 뼈들이 많다

찾아봐도 만져지지 않는다

종일 걷는다

구멍 뚫린 뼈 하나가 말을 건다

시를 버리고

구멍을 버리고

가방을 버리란다

뼈가 나를 찾아다니는 꿈을 꾼다

—「뼈」전문

이 시는 "뼈" 이미지를 중심으로 시적 주체의 근원적 존재성을 '환유'의 수사학으로 표현한다. 1연의 "뼈가 시린 가을/ 고분의 뼈들은 안녕한지"라는 표현에서 "뼈"는 인간의 신체에서 피와 살을 제거한 후 드러나는 육체의 물질적 골격이자 생명의 유기체성을 제거한 후 드러나는 근원적 실재의 모습이다. 최금녀 시의 '현재 인식의 원리' 중에서 "새" 이미지가 주체의 자기 존재 확인과 사랑의 확산을 추구하는 '심리적 환유'라는 점에서 '가산(+)적 환유'에 해당한다면, "뼈" 이미지는 주체의 외부성 및 유기체성을 제거하고 물질적 골격이자 근원적 실재를 노출하는 '심리적 환유'라는 점에서 '감산(-)적 환유'에 해당한다고 볼 수 있다. 이 시에서 중요한 부분은 "뼈" 이미지가 3연 이후에 "모래", "사막", "낙타" 이미지와 접속하면서 발생시키는 의미 맥락과 2연 이후에 "구멍" 이미지와 접속하면서 발생시키는 의미 맥락이다.

3연의 "오분 동안/ 시린 다리 한쪽 흔들면" "보"이는 "모래밭"과 "들"리는 "낙타의 한숨 소리", 그리고 4연의 "사막에 빠뜨리고 간 뼈들"이라는 표현은 시적 주체가 근원적 존재성을 삭막한 사막을 헤치고 나아가는 낙타의 고난과 고통, 낙오된 자의 좌절과 폐허 등의 의미로 파악하고 있음을 암시한다. 한편 2연의 "뼈에 구멍이 뚫리고/ 무릎이 나갔다", 3연의 "오분 동안/ 시린 다리 한쪽 흔들면" "보"이는 "구멍들"이라는 표현에서 "구멍"은 주체의 물질적 골격이자 근원적 실재를 노출하는 "뼈"의 고난과 고통, 좌절과 폐허 등의 의미를 더 가중시키는 이미지로 등장한다. 그런데 5연의 "구멍 뚫린 뼈 하나가 말을 건다/ 시를 버리고/ 구멍을 버리고/ 가방을 버리란다"라는 표현에 이르면 "구멍"은 좀 더 복잡다기한 의미 맥락으로 전이된다. 여기서 "구멍"은 주체의 물질적 골격이자 근원적 실재인 "뼈"가 화자에게 "말을" 거는 통로가 되기도 하고, "뼈"가 "버리"라고 요구하는 대상으로서 "시" 및 "가방"과 등가성을 가지기도 하기 때문이다.

필자는 "구멍" 이미지의 복잡다기한 의미 맥락을 이해하는 것이 최금녀 시의 "뼈" 이미지가 내포하는 '심리적 환유'의 특이성에 근접하는 지름길이 된다고 생각한다. 해석의 실마리를 찾기 위해 4연의 "찾아봐도 만져지지 않는다", 6연의 "뼈가 나를 찾아다니는 꿈을 꾼다"라는 문장을 경유하는 우회로로 접근해 보자. "사막에 빠뜨리고 간 뼈들"을 "찾아봐도 만져지지 않는" 이유는 "뼈"가 주체의 물질적 골격의 위상에서 벗어나 정신적 실재의 위상을 가지기 때문이고, "뼈가 나를 찾아다니는 꿈을" 꾸는 것도 그것이 무의식의 심연에 자리 잡은 심리적 실재의 위상을 가지기 때문이다. 따라서 이 시에서 "구멍" 이미지는 "뼈" 이미지가 주체의 물질적 골격에서 벗어나 정신적·심리적 실재로 전이되는 데 결정적인 매개로 작용한다고 볼 수 있다. 결국 "구멍 뚫린 뼈"는 시적 주체의 정신적·심리적 실재이자 근원적 존재성을 의미하기 때문에 5연의 "구멍 뚫린 뼈 하나가 말을 건다"라는 표현이 가능하게 된다.

  그렇다면 "구멍 뚫린 뼈"가 화자에게 전하는 "시를 버리고/ 구멍을 버리고/ 가방을 버리"라는 말의 의미는 무엇일까? 우선 "가방"은 일상적 삶, 사회적 활동, 학문적인 연구 등을 영위하거나 실행하는 도구라는 점에서 존재의 외부적 활동을 환유하는 이미지이고, 이것을 "버리"라는 말은 존재의 외부성을 포기하고 내면성을 추구하라는 의미라고 해석할 수 있다. "시"는 일반적으로 주체가 존재의 외부성을 포기하고 내면성을 추구하기 위해 천착하는 창조 활동을 환유한다는 점에서, 이것을 "버리"라는 말은 존재의 내면성을 추구하는 행위조차도 자기 위안이나 과시가 될 수 있는 점을 경계하고 존재의 더 근원적인 본질로 회귀하라는 의미라고 해석할 수 있다. 이러한 차원은 근원적 존재성을 찾고자 하는 시적 주체의 무의식적 지향이 철저한 자기반성에 근거하기 때문에 가능할 것이다. 그 연장선에서 "구멍 뚫린 뼈"가 화자에게 "구멍을 버리"라고 말하는 것은 주체가 철저한 자기반성을 극단까지 밀고 나가는 모습을 환유적으로 제시한다. 앞에서 분석한 대로 "구멍"은 "뼈"가 주체의 물질적 골격에서 벗어나 정신적·심리적 실재로 전이되는 데 매개로 작용하는데, 그 "구멍"조차 "버리"라는 말은 주체의 존재성이 물질적 골격에서 정신적·심리적 실재로 전이되는 과정에 대한 의식까지도 망각하라는 의미로 해석될 수 있기 때문이다. 결국 이 시는 "구멍 뚫린 뼈"를 통해 존

재의 외부성을 포기하는 데서 출발하여 내면성을 추구하는 행
위도 포기하고 그것을 포기한다는 의식조차 망각하는 지점까
지 나아가려고 시도함으로써 주체의 근원적 존재성에 근접하
려는 무의식의 지향성을 보여준다.

3. 미래 예감의 원리-색채의 마술, 시각적 환유의 기법

이번 시집에 나타나는 '기억의 원리' 중 '미래 예감의 원리'
를 구체적으로 살펴보자. 최금녀의 이번 시집에서 '과거 회상
의 원리'가 큰 비중을 차지하면서 기본 범주를 이룬다면, '현재
인식의 원리'는 그 속에서 생겨나서 작동하는 동시에 그것을
내부에서 변화시키는 변용 범주에 속한다. 한편 '미래 예감의
원리'는 이번 시집에서 드물게 나타나지만 기본 범주 및 변용
범주를 경유하면서 이들과 변별되는 특성을 보여주는 질적 변
화 범주에 해당한다. 이 점을 구체적으로 점검하기 위해 다음
작품을 시적 구조화 원리와 형상화 방식의 차원에서 집중적으
로 분석하기로 하자.

죽으면 스카프만 남을 거야. 파리지앵들은
바닷물 색 스카프를 보면 바다를 그리워한다지.

바닷물 색 스카프를 목에 두르고 사내들을 쫓아다니면

목이 수평선처럼 길어질지도 몰라.

세월이 가려지고 주름이 가려지고 겨울에도

분홍이 되는 거야. 시간의 마술사가 되는 거야.

분홍 빨강 노랑 초록 보이는 대로 스카프를 샀어.

주름 수대로 속이려고 스카프를 샀어.

스카프를 매는 거야. 목주름이 깊어진다고

기죽지 마. 스카프가 있잖아, 인생은 휘날리는 거야!

바닷물 색 스카프를 매고 쿠바에 갈 거야, 배영옥처럼.

붉은 노을을 바라보며 오지 않을 애인을 기다릴 거야.

열정에서 추억으로 가버린 시간의 벽화 속에서

립스틱보다 붉은 분홍빛 스카프를 휘날릴 거야.

죽으면 스카프만 남을 거야. 행운을 꿈꿀 거야.

목만 살아남는다 해도 슬퍼하지 마.

　　　　　　　　　　　　　　　 ─「스카프 인생」 전문

이 시는 화자가 "스카프"의 '색채'를 '인생의 양상'과 긴밀히 결부시키면서 시간에 저항하려는 의지와 희망을 제시한다. 1 연의 "바닷물 색 스카프를 보면 바다를 그리워한다지", 2연의 "바닷물 색 스카프를 목에 두르고 사내들을 쫓아다니면"이라는 문장에서 화자는 "바닷물 색 스카프"를 "바다"에 대한 "그리"움 및 "남녀 간의 사랑"과 결부시키면서 낭만적 동경을 표현한다. 3연에서 화자는 "분홍" "스카프"의 '색채'를 통해 "세월"과 "주름"을 "가"리는 "시간의 마술사"가 되려는 자신의 의도 및 계획을 좀 더 직접적으로 표현한다. 이 대목에서 시적 주제가 선명히 드러나는데, 그것은 '시간의 흐름에 저항하는 색채의 마술'이라고 요약할 수 있을 것이다.

　이러한 주제는 4연 이후에 지속적으로 표현되면서 시상이 점층적으로 고조된다. 시적 화자는 4연에서 "주름 수대로 속이려고" "분홍 빨강 노랑 초록 보이는 대로 스카프"를 사고, 5 연에서는 "목주름이 깊어진다고/ 기죽지" 않고 "스카프를 매는 거"라면서 "인생은 휘날리는 거야!"라고 외친다. "분홍 빨강 노랑 초록" 등 "스카프" 색채의 개수는 "주름 수"에 저항하는 것이고, "휘날리는" "스카프" 모습은 "인생"과 등가성을 가지면서 "주름"에 "기죽"는 실의나 좌절에 저항하는 것이다. 그리고 시적 화자는 6연에서 "바닷물 색 스카프를 매고 쿠바"에 가서 "붉은 노을을 바라보며" "오지 않을 애인을 기다릴 거"라고 말하고, 7연에서는 "시간의 벽화 속에서/ 립스틱보다 붉은 분홍빛 스카프를 휘날릴 거야"라고 외친다. "바닷물 색 스카프"와 "붉은 노을"의 채색 대비는 "오지 않을 애인을 기다"리는 비운의 사랑을 암시하면서 강렬한 열정을 표현하는데, 이 비운의 열정은 "립스틱보다 붉은 분홍빛 스카프"로 귀결된다.

　여기서 중요한 부분은 이 시의 핵심적인 색채 이미지인 3연의 "분홍" 및 7연의 "붉은 분홍빛"에 시적 화자가 의도하고 희망하는 사랑의 속성으로서 비운을 극복하는 행운, 슬픔을 이기는 기쁨 등의 감응뿐만 아니라 "시간"에 저항하려는 의지적 "마술"이 농축되어 있다는 점이다. 이 "마술"의 내적 의미를 이해하기 위해서는 "분홍 빨강 노랑 초록" 등 다양한 "스카프"의 색채가 "목주름"에 "기죽지" 않고 그것을 "가"리거나 "속이려"는 의도의 표출이라는 점을 상기할 필요가 있다. 이러한 표현은 최금녀 시의 '색채의 마술'에 이미 "세월"과 "주름"으로 대표되는 '시간의 흐름'을 수락할 수밖에 없는 수동성이 전제되어 있음을 드러낸다. 그럼에도 불구하고 이 운명을 자신의 것으로 수락하고 능동적으로 인생을 즐기며 사랑의 열정을 불태우려는 의지가 "붉은 분홍빛 스카프"라는 '시각적 환유'를 발생시키는 것이다. 1연과 마지막 연에서 수미상관적으로 제시되는 "죽으면 스카프만 남을 거야"라는 표현에도 '시간의 흐름'이라는 운명에 대해 수동성을 가지지만 그것을 기꺼이 수락함으로써 사랑의 열정을 불태우려는 능동적이고 적극적인 화자의 의지가 함축되어 있다.

　지금까지 이 글은 최금녀의 시집 『기둥들은 모두 새가 되었

141

다』에 나타나는 독자적인 서정의 구조화 원리 및 형상화 방식을 살피기 위해 '기억의 원리'를 크게 '과거 회상의 원리', '현재 인식의 원리', '미래 예감의 원리'로 구분하고 각각의 원리에 상응하는 시적 형상화 방식을 규명하고자 했다. '과거 회상의 원리'가 '장소'와 '신체'와 '자연'의 감각적 조응을 통해 '촉각적 환유'를 발생시키고, '현재 인식의 원리'가 '새'와 '뼈'와 '구멍'의 무의식적 연상을 통해 '심리적 환유'를 발생시킨다면, '미래 예감의 원리'는 시간에 저항하는 '색채'의 의지적 마술을 통해 '시각적 환유'를 발생시킨다. 앞에서 언급했듯, 최금녀의 시에서 '과거 회상의 원리'가 기본 범주를 이루고 '현재 인식의 원리'가 변용 범주에 속한다면, '미래 예감의 원리'는 질적 변화 범주에 해당한다. 필자는 앞으로 최금녀 시의 지향성이 기본 범주 및 변용 범주뿐만 아니라 이것을 경유하면서 변별되는 질적 변화 범주도 더 적극적으로 형상화하는 방향으로 나아가리라 생각한다. ▨

| **최금녀** |

함남 출생. 1998년『문예운동』등단. 시집『저 분홍빛 손들』『바람에
게 밥 사주고 싶다』외 6권, 시선집 2권. 펜문학상, 현대시인상, 여성
문학상 수상 및 세종도서 선정. 대한일보기자, 한국여성문학인회 이
사장 역임.

이메일 : choikn1123@hanmail.net

현대시 기획선 067
기둥들은 모두 새가 되었다

초판 인쇄 · 2022년 4월 15일
초판 발행 · 2022년 4월 20일
지은이 · 최금녀
펴낸이 · 이선희
펴낸곳 · 한국문연
서울 서대문구 증가로 31길 39, 202호
출판등록 1988년 3월 3일 제3-188호
대표전화 302-2717 | 팩스 · 6442-6053
디지털 현대시 www.koreapoem.co.kr
이메일 koreapoem@hanmail.net

ⓒ 최금녀 2022
ISBN 978-89-6104-312-0 03810

＊ 잘못된 책은 바꾸어 드립니다.